The Silly Chicken
Le jeune coq stupide

written by / écrit par
Idries Shah

First English Hardback Edition 2000, 2005
English Paperback Edition 2005, 2011, 2015
French Paperback Edition 2018
This English-French Paperback Edition 2019

www.hoopoebooks.com

Published by Hoopoe Books,
a division of The Institute for the Study of Human Knowledge

ISBN: 978-1-946270-08-5

Library of Congress Cataloging-in-Publication Data

Shah, Idries, 1924-
    The silly chicken / written by Idries Shah ; illustrated by Jeff Jackson.— 1st ed.
        p. cm.
    Summary: A Sufi teaching tale of a chicken that has learned to speak as people do and
spreads an alarming warning, which causes the townspeople panic without first
            considering the messenger.
    ISBN 1-883536-19-7
    [1. Folklore.] I. Jackson, Jeff, 1971- ill. II. Title.

PZ8.S336 Si 2000
398.22--dc21
[E]
                                                    99-051506

About Hoopoe Books by Idries Shah

"...a series of children's books that have captivated the hearts and minds of people from all walks of life. The books are tales from a rich tradition of storytelling from Central Asia and the Middle East. Stories told and retold to children, by campfire and candlelight, for more than a thousand years. Through repeated readings, these stories provoke fresh insight and more flexible thought in children. Beautifully illustrated."

—NEA Today - The Magazine of the National Education Association

"These teaching-stories can be experienced on many levels. A child may simply enjoy hearing them, an adult may analyze them in a more sophisticated way. Both may eventually benefit from the lessons within."

—Lynn Neary, All Things Considered, NPR News, Washington

À propos des livres de Hoopoe Books par Idries Shah

Une série de livres pour enfants qui a captivé le cœur et l'esprit de lecteurs de tous horizons. Ces récits, issus de la riche tradition narrative d'Asie centrale et du Moyen-Orient, furent racontés encore et encore autour de feux de camp et de chandelles vacillantes pendant des siècles. À force de relecture, ces histoires offrent à l'enfant une nouvelle perspective et incitent à l'ouverture d'esprit. Les illustrations sont magnifiques.

—NEA TODAY : The Magazine of the National Education Association

Ces histoires peuvent être lues sur plusieurs niveaux. Un enfant peut simplement prendre plaisir à les entendre, un adulte peut les analyser d'une façon plus sophistiquée. Les deux peuvent en tirer des enseignements.

—Lynn Neary, All Things Considered, NPR News, Washington

ONCE UPON A TIME, in a country far away, there was a town, and in the town there was a chicken, and he was a very silly chicken indeed. He went about saying "Tuck-tuck-tuck, tuck-tuck-tuck, tuck-tuck-tuck." And nobody knew what he meant.

Of course, he didn't mean anything at all, but nobody knew that. They thought that "Tuck-tuck-tuck, tuck-tuck-tuck, tuck-tuck-tuck" must mean something.

IL ÉTAIT UNE FOIS, dans un pays fort lointain, une ville. Et dans cette ville il y avait un jeune coq, et ce jeune coq était très stupide.

Il se dandinait en disant « Cocorico, cocorico, cocorico ». Et personne ne comprenait ce qu'il racontait.

En réalité, ce qu'il disait ne voulait rien dire du tout, mais ça, personne ne le savait. Les gens se disaient que « Cocorico, cocorico, cocorico » devait bien signifier quelque chose.

Now, a very clever man came to the town, and he decided to see if he could find out what the chicken meant by "Tuck-tuck-tuck, tuck-tuck-tuck, tuck-tuck-tuck."

First he tried to learn the chicken's language. He tried, and he tried, and he tried. But all he learned to say was "Tuck-tuck-tuck, tuck-tuck-tuck, tuck-tuck-tuck." Unfortunately, although he sounded just like the chicken, he had no idea what he was saying.

Then he decided to teach the chicken to speak our kind of language. He tried, and he tried, and he tried. It took him quite a long time, but in the end, the chicken could speak perfectly well, just like you and me.

Un jour, un homme très intelligent arriva dans cette ville, et se mit en tête de découvrir ce que le coq voulait dire par « Cocorico, cocorico, cocorico ».

Tout d'abord il essaya d'apprendre le langage du jeune coq. Il essaya encore et encore, mais la seule chose qu'il apprit à dire fut « Cocorico, cocorico, cocorico ». Malheureusement, bien qu'il dît exactement la même chose que le coq, il n'avait aucune idée de ce que cela signifiait.

Alors il se mit en tête d'apprendre au jeune coq à parler le langage humain. Il tenta encore et encore. Cela lui prit beaucoup de temps, mais finalement, le jeune coq parla aussi bien que vous et moi.

After learning to speak as we do, the chicken went into the main street of the town and called out, "The earth is going to swallow us up!" At first the people didn't hear what he was saying because they didn't expect a chicken to be talking human language.

The chicken called out again, "The earth is going to swallow us up!" This time the people heard him, and they began to cry out,

"Good heavens!"

"Good gracious!"

"Dear me!"

"The earth is going to swallow us up!"

"Yes, indeed! The chicken says so!"

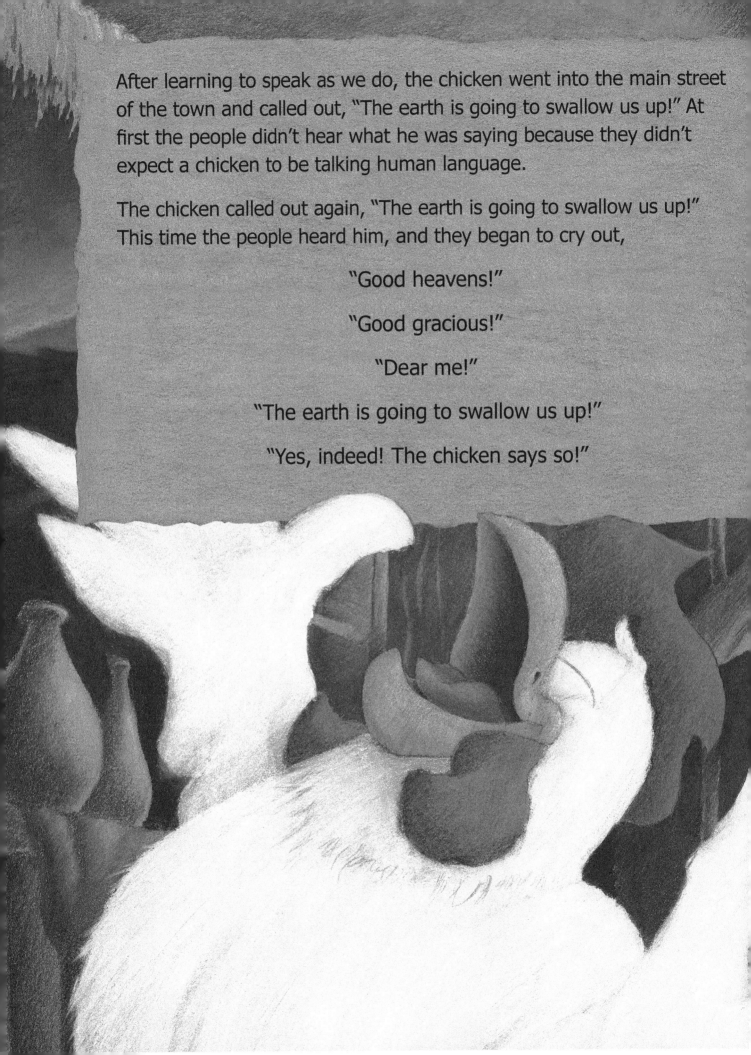

Après avoir appris à parler comme nous, le jeune coq se rendit dans la rue principale de la ville et cria : « La terre va nous engloutir ! » Au début les gens n'entendirent pas ce qu'il disait car ils ne s'attendaient pas à ce qu'un coq sache parler le langage humain.

Le jeune coq cria à nouveau : – La terre va nous engloutir ! Cette fois-ci les gens l'entendirent, et ils s'écrièrent :

– Bon sang !

– Sapristi !

– Pauvres de nous !

– La terre va nous engloutir !

– Oui, c'est vrai ! C'est le coq qui l'a dit !

Thoroughly alarmed, all the people packed up their most precious things and began to run to get away from the earth.

Complètement paniqués, tous les gens
rassemblèrent leurs biens les plus précieux
et s'enfuirent à toutes jambes pour
s'échapper de la terre.

They ran from one town to another.

Ils coururent d'une ville
à une autre.

They ran through the fields and into the woods and across the meadows.

Ils coururent à travers champs
traversèrent les forêts et les prairies.

They ran up the mountains and down the mountains.

Ils gravirent les montagnes et en dévalèrent d'autres.

They ran down the world and up
the world and around the world.

Ils parcoururent la terre de haut en bas et firent le tour du monde.

They ran in every possible direction. But they still couldn't get away from the earth.

Ils coururent dans toutes
les directions possibles
mais ils ne parvinrent
toujours pas à s'échapper
de la terre.

Finally they came back to their town. And there was the chicken, just where they had left him before they started running.

"How do you know the earth is going to swallow us up?" they asked the chicken.

"I don't know," said the chicken.

At first the people were astonished, and they said again and again, "You don't know? You don't know? You don't know?"

And they became furious, and they glared sternly at the chicken and spoke in angry voices.

"How could you tell us such a thing?"

"How dare you!"

Ils finirent par retourner dans leur ville. Le jeune coq se trouvait là, exactement à l'endroit où ils l'avaient laissé avant de se mettre à courir.

— Comment sais-tu que la terre va nous engloutir ? lui demandèrent-ils.

— Je n'en sais rien ! répondit le jeune coq.

Les gens furent tout d'abord surpris, puis ils répétèrent plusieurs fois : — Tu ne sais pas ? — Tu ne sais pas ? — Tu ne sais pas ?

C'est alors que les gens se fâchèrent, ils lancèrent des regards sévères au jeune coq et leurs voix se remplirent de colère :

— Comment as-tu pu nous dire une chose pareille ?

— Comment as-tu osé !

"You made us run from one town to another!"

"You made us run through the fields and into the woods and across the meadows!"

"You made us run up the mountains and down the mountains!"

"You made us run down the world and up the world and around the world!"

"You made us run in every possible direction!"

"And all the while we thought you knew the earth was going to swallow us up!"

— Tu nous as fait parcourir la terre
de haut en bas, et fait faire le tour
du monde !

— Tu nous as fait courir dans toutes
les directions possibles !

— Et durant tout ce temps nous
pensions que tu savais que la
terre allait nous engloutir !

The chicken smoothed his feathers and cackled and said, "Well, that just shows how silly you are! Only silly people would listen to a chicken in the first place. You think a chicken knows something just because he can talk?"

At first the people just stared at the chicken, and then they began to laugh. They laughed, and they laughed, and they laughed because they realized how silly they had been, and they found that very funny indeed.

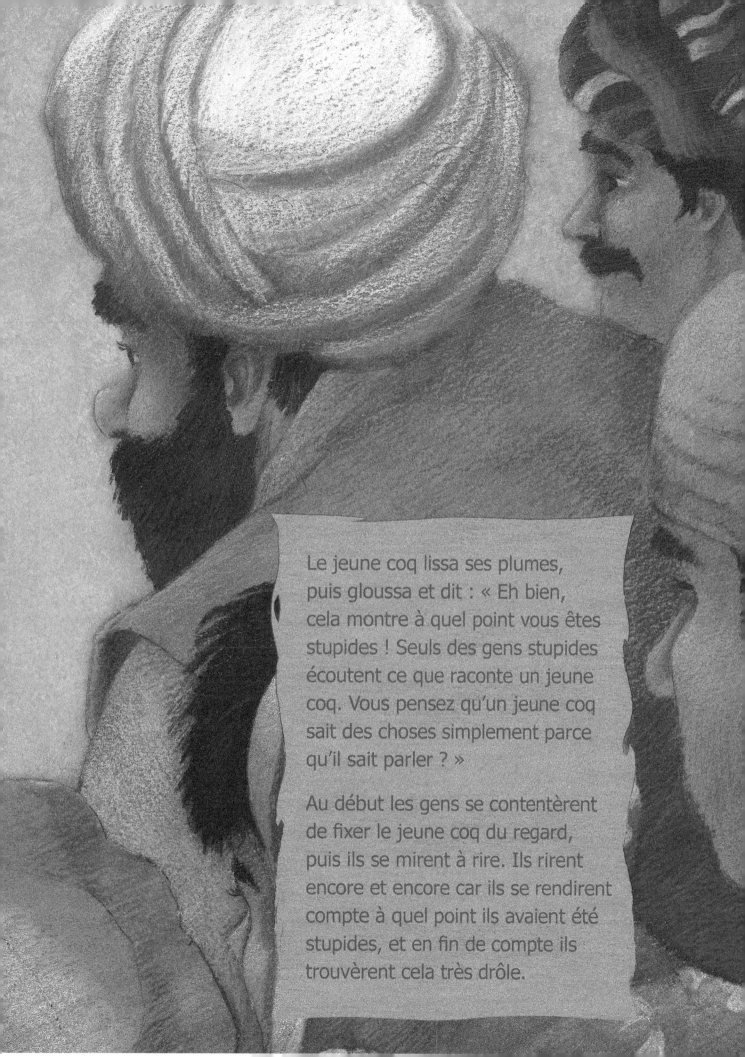

Le jeune coq lissa ses plumes, puis gloussa et dit : « Eh bien, cela montre à quel point vous êtes stupides ! Seuls des gens stupides écoutent ce que raconte un jeune coq. Vous pensez qu'un jeune coq sait des choses simplement parce qu'il sait parler ? »

Au début les gens se contentèrent de fixer le jeune coq du regard, puis ils se mirent à rire. Ils rirent encore et encore car ils se rendirent compte à quel point ils avaient été stupides, et en fin de compte ils trouvèrent cela très drôle.

After that, whenever they wanted to laugh they would go to the chicken and say, "Tell us something to make us laugh."

And the chicken would say, "Cups and saucers are made out of knives and forks!"

The people would laugh and say, "Who are you? Who are you?"

And the chicken would reply, "I am an egg."

The people would laugh at this, too, because they knew he wasn't an egg, and they would say, "If you're an egg, why aren't you yellow?"

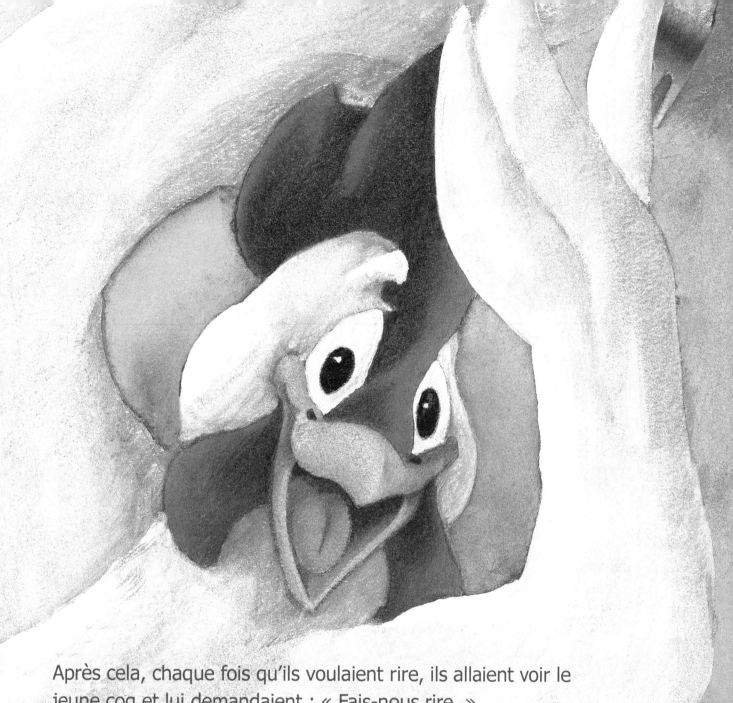

Après cela, chaque fois qu'ils voulaient rire, ils allaient voir le jeune coq et lui demandaient : « Fais-nous rire. »

Alors le coq leur disait : « Les tasses et les soucoupes sont faites de couteaux et de fourchettes ! »

Les gens riaient et demandaient : « Qui es-tu ? Qui es-tu ? »

Et le jeune coq répondait : « Je suis un œuf. »

Les gens riaient de plus belle car ils savaient bien qu'il n'était pas un œuf, et ils répliquaient : « Si tu es un œuf, alors pourquoi n'es-tu pas jaune ? »

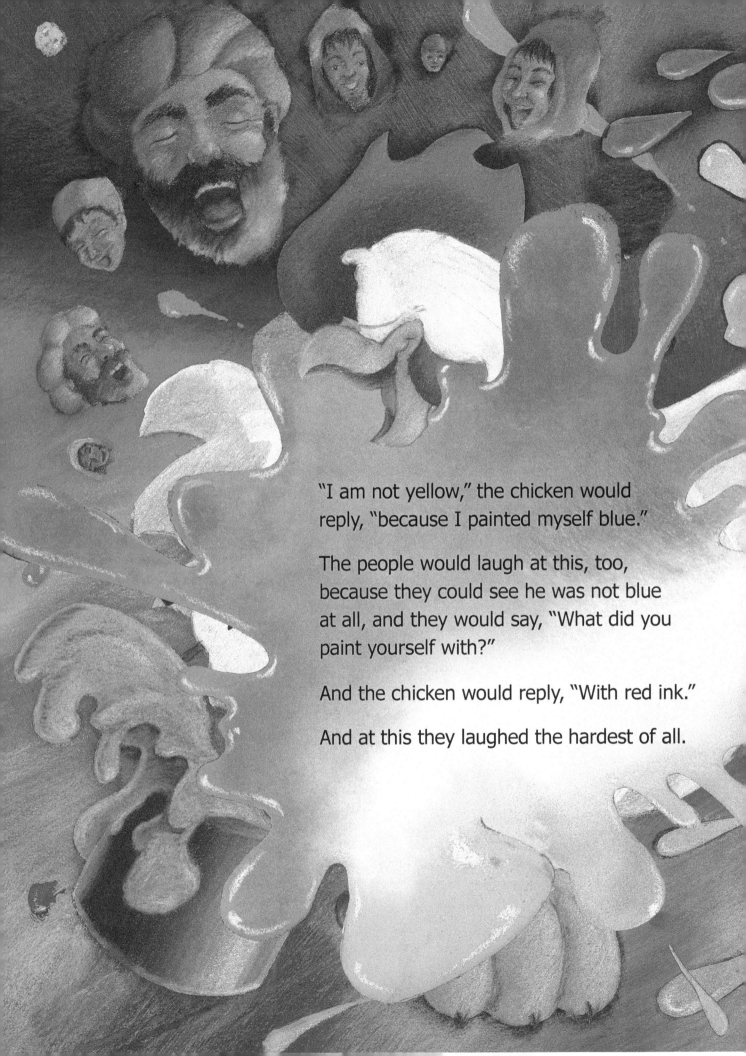

"I am not yellow," the chicken would reply, "because I painted myself blue."

The people would laugh at this, too, because they could see he was not blue at all, and they would say, "What did you paint yourself with?"

And the chicken would reply, "With red ink."

And at this they laughed the hardest of all.

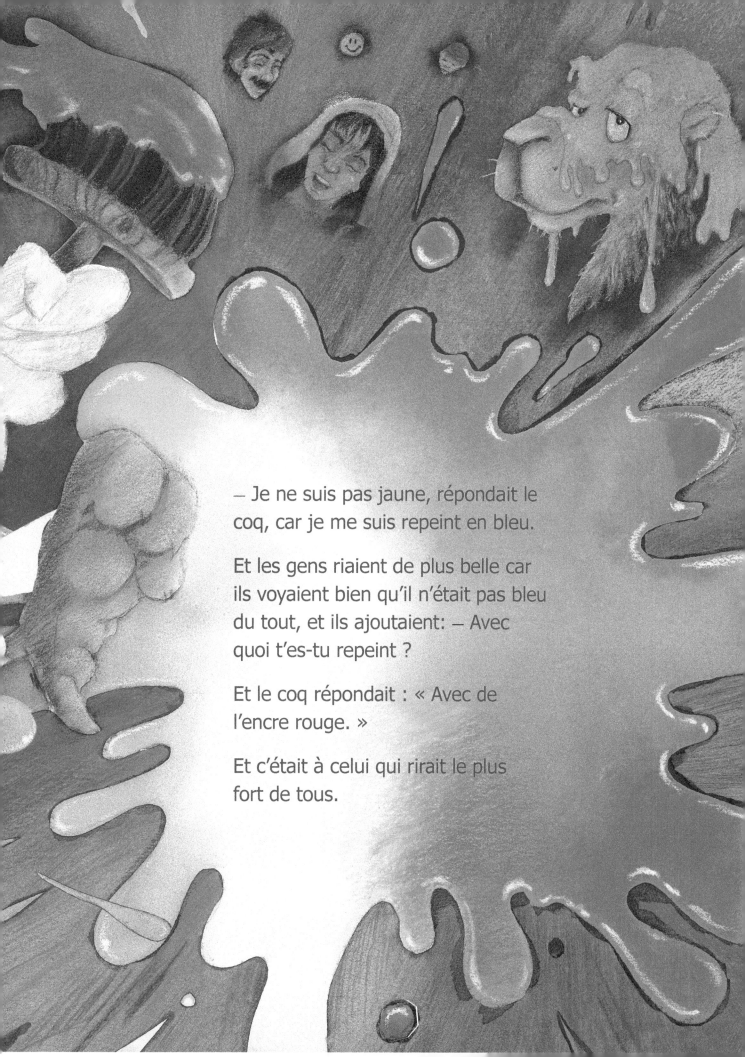

— Je ne suis pas jaune, répondait le coq, car je me suis repeint en bleu.

Et les gens riaient de plus belle car ils voyaient bien qu'il n'était pas bleu du tout, et ils ajoutaient: — Avec quoi t'es-tu repeint ?

Et le coq répondait : « Avec de l'encre rouge. »

Et c'était à celui qui rirait le plus fort de tous.

And now people everywhere laugh at chickens and never take any notice of what they say — even if they can talk — because, of course, everybody knows that chickens are silly.

And that chicken still goes on and on in that town, in that far-away country, telling people things to make them laugh.

Et c'est ainsi que désormais, les gens du monde entier rient des jeunes coqs et ne prennent jamais au sérieux ce qu'ils racontent, même lorsqu'ils savent parler, car, bien sûr, tout le monde sait que les jeunes coqs sont stupides.

Et notre coq se dandine encore et toujours dans cette ville, dans ce pays fort lointain, en racontant aux gens des choses pour les faire rire.

Paperbag Puppets
marionnettes en sac de papier

Finger Puppets
marionnettes à doigts

FUN PROJECTS FOR HOME AND SCHOOL!

CREATE PUPPETS WITH YOUR CHILD AND RETELL THIS STORY TOGETHER!

Visit our website:
www.hoopoebooks.com/fun-projects-for-home-and-school

for a free downloadable Teacher Guide to use with this story as well as colorful posters and step-by-step instructions on how to make Finger Puppets, Paperbag Puppets, and Felt Characters from this and other titles in this series.

PROJETS AMUSANTS POUR LA MAISON ET L'ÉCOLE

CRÉEZ DES MARIONNETTES AVEC VOTRE ENFANT ET RACONTEZ CETTE HISTOIRE ENSEMBLE

Visitez notre site web : www.hoopoebooks.com/fun-projects-fr

pour obtenir des instructions téléchargeables gratuitement qui expliquent étape par étape comment fabriquer des marionnettes à doigts, des marionnettes en sac de papier kraft et des personnages en feutrine tirés des personnages de cette histoire.

The Man with Bad Manners
By Idries Shah

There's a very badly behaved man who's annoying all the villagers. But a young boy has a plan that, with everyone's help, can change the man's behavior. Will they help him? Will the plan work?

L'homme aux mauvaises manières
par Idries Shah

Il était une fois un homme aux très mauvaises manières qui irritait tous les habitants du village. Mais un jeune homme décide de le faire changer de comportement avec la collaboration des villageois. Vont-ils l'aider ? Son plan va-t-il fonctionner ?

The Man and the Fox
By Idries Shah

A young fox is tricked into believing that a man will give him a chicken. The fox gets trapped, but he is very clever and works out how to escape to freedom.

L'homme et le renard
par Idries Shah

On fait croire à un jeune renard qu'un homme va lui donner un poulet. Le renard est pris au piège mais il est très malin et réussit à retrouver sa liberté.

Si vous avez apprécié cet histoire, vous aimerez aussi :

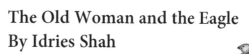

The Old Woman and the Eagle
By Idries Shah

This is an amusing tale about an old woman whose idea of what a bird should look like is a pigeon. So, when she sees an eagle for the first time, she "knows" he's a funny-looking bird and decides to change him.

La vieille dame et l'aigle
par Idries Shah

C'est l'histoire amusante d'une vieille femme qui pense que tous les oiseaux ressemblent à des pigeons. C'est pour cette raison que lorsqu'elle voit un aigle pour la première fois, elle « sait » que c'est un drôle d'oiseau et elle décide de le transformer.

The Clever Boy and the Terrible, Dangerous Animal
By Idries Shah

When a boy visits another village he is surprised to find the people there terrified of something that - just because they haven't seen it before - they mistake for a terrible, dangerous animal. He knows better, and shows them that their 'terrible, dangerous animal' is something that can transform their village for the better.

Le petit garçon intelligent et la terrible et dangereuse bête
par Idries Shah

Un garçon arrive dans un village et est surpris d'y découvrir des gens terrifiés par un animal inconnu. Il leur fait comprendre que ce « terrible animal dangereux » peut transformer leur village pour le mieux.

www.hoopoebooks.com

These titles by Idries Shah are also available in English-French bilingual editions:

Ces titres d'Idries Shah sont également disponibles en version bilingue anglais-français

The Lion Who Saw Himself in the Water /
Le lion qui se vit dans l' eau

The Farmer's Wife / La femme du fermier

The Man and the Fox / L'homme et le renard

The Man with Bad Manners / L'homme aux mauvaises manières

The Magic Horse / Le cheval magique

Fatima the Spinner and the Tent /
Fatima la fileuse et la tente

For the complete works of Idries Shah, visit:
Pour les oeuvres complètes de Idries Shah, rendez-vous sur :
www.Idriesshahfoundation.org

CPSIA information can be obtained
at www.ICGtesting.com
Printed in the USA
LVHW071635120423
744162LV00009B/231

9 781946 270085